BDSM Venner

Komplet Serie

Erika Sanders

ERIKA SANDERS

BDSM Venner
Komplet Serie
Erika Sanders
Serie
Erotisk Dominans og Underkastelse

Synopsis

Erika foreslår at gå et skridt videre i sit forhold til sin bedste sexede dominerende mandlige ven...

BDSM Venner er en historie med stærkt erotisk BDSM-indhold og til gengæld også tilhørende samlingen **Erotisk Dominans og Underkastelse**, en serie af romaner med højt romantisk og erotisk BDSM-indhold.

(Alle karakterer er 18 år eller ældre)

Bemærkning til forfatter:

Erika Sanders er en internationalt kendt forfatter, oversat til mere end tyve sprog, som underskriver sine mest erotiske skrifter, væk fra sin sædvanlige prosa, med sit pigenavn.

Indeks:

BDSM VENNER
KOMPLET SERIE
ERIKA SANDERS

DEL 1

Det havde været en dag ligesom alle andre dage.

Bortset fra at det ikke var. Dagen i dag var speciel. I dag var dagen, hvor min bedste ven Richard ville være på New York City campus for at tage en af hans jurastudier. Ligesom hver anden gang, han kom over til min side af Hudson-floden, ville han til sidst skrive til mig for at spise middag med ham. Giv det en halv time eller deromkring for at afslutte testen, og hans invitation ville blive vist på min telefon.

Jeg kørte mine fingre over mine lår og lod dem komme så højt som kanten af min trimmede busk, før jeg gik ned igen. Bare en lille drilleri for at varme mig op. Jeg havde ikke brug for det, ikke efter alle de kanter og drillerier, jeg havde gjort mod mig selv i den sidste uge. Min fisse havde været utæt næsten konstant, og mine brystvorter havde ikke været bløde i evigheder. Alligevel havde jeg brug for at gøre mig så varm som muligt, inden jeg tog afsted i aften. Min plan var at være så liderlig, at lysten overdøvede min frygt for afvisning, da jeg endelig forsøgte at bryde ud af vennezonen.

Jeg er normalt ikke så meget nørdet. Jeg er faktisk virkelig selvsikker og frækt flirtende omkring alle andre i verden. Men måske er det bare ligegyldighedens frihed. Jeg er ligeglad med, hvad en hurtig slynge tænker om mig, så længe de får mig væk. Richard... han er anderledes. Jeg ville have mere end bare et hurtigt kneb ud af ham. Jeg ville have, at han skulle føle for mig, hvad jeg følte for ham. Og selvom han aldrig har vist mig andet end positivitet og respekt, har han heller aldrig prøvet at gå forbi bare at være venner. Og han er den slags mand, der handler efter, hvad han vil.

"Måske er det derfor, han aldrig har grebet mig," tænkte jeg ved mig selv og kiggede hen over min uanstændigt spredte krop. 'Jeg er mere en fyr end en pige. Jeg er rodet og klør mig offentligt. Jeg klæder mig for komfort og hader at have makeup på. Jeg bruger al min fritid i fitnesscentret, spiller videospil eller pyser til porno. Det er de definerende karakteristika ved maskulinitet, ikke? Åh ja, og jeg er blevet vennezonet af min bedste ven. Det er ikke meningen, at piger skal sendes til vennezonen af deres mandlige venner, vel? Jeg er ret sikker på, at det skal være omvendt«.

Jeg har ikke den mest indbegrebet feminine timeglaskrop. På 5'11", havde jeg været lidt højere end de fleste af de fyre, jeg uden held havde datet. En livslang kærlighed til basketball og at føle mig i form havde gjort mine muskler lidt bedre defineret, end de fleste kvinder tillader sig at få. Perfekt form til at forføre sine holdkammerater... men et langt syn fra de sarte skønheder Richard havde datet gennem årene.

Hvis det gik dårligt, var det ikke ligefrem sådan, at jeg havde en jævn omgangskreds at falde tilbage på...

'Stop det! Lad være med at være sådan en nedtur.' Det var derfor, jeg endelig kom med denne plan, for at slå den negative del af mig selv fra. Jeg førte mine hænder op til mine bryster. Fuck føler mig ufeminin, mine bryster er fucking fantastiske. Deres C-cup bulk fyldte mine hænder fuldstændig med behagelig feminin vægt. Selvfølgelig kom deres størrelse nogle gange i vejen for min aktive livsstil, men fornøjelsen de gav mig mere end opvejede det. At køre mine håndflader let hen over mine brystvorter fik mig til at ryste og ånde tungere. Jeg forsøgte at holde mine kærtegn bløde og pirrende, men inden længe fandt jeg mig selv i at presse mit bryst frem og klemme mine brystvorter så hårdt jeg kunne stå. Næsten tid til hovedbegivenheden.

Min eksterne harddisk burde nok have været på listen over grunde til, hvorfor jeg dybest set er en fyr. Ikke mange kvinder, jeg har mødt, har downloadet porno til en værdi af 226 koncerter. Så igen, det var ikke min skyld. Det var det eneste Richard gjorde, og det viste præcis, hvorfor vores venskab aldrig havde været, hvad man kunne kalde typisk platonisk. Selv syv år senere fik mindet om at møde ham og vores tidlige bånd mig stadig til at smile. Det var så typisk Richard... selvsikker uden at være fuld af sig selv, fast uden at være slibende, hans magnetisme havde så let tiltrukket mig.

Jeg var ikke særlig god til at få venner i gymnasiet. Det var svært at finde en gruppe til at acceptere mig. Spillerens klike så ikke ud til at vide, hvordan de skulle håndtere en person med bryster, der ville spille League of Legends med dem. De mandlige jocks ville aldrig spille fuld fart med eller imod mig, selvom jeg var lige stor eller større end de fleste af dem. Og selvfølgelig ville jeg hellere have åbnet en vene end at gøre, hvad der skulle til for at passe ind i de grundlæggende tæver i den almindelige feminine gymnasiekultur.

Ikke at jeg var en kvindelig enspænder på nogen måde. Jeg havde venner, men de føltes mere som niche-rollespillere end personlige forbindelser. For eksempel kløede Heather og jeg hinandens videospilkløe, men vi var begge for indadvendte og akavede til at komme helt tæt på. Jeg var på pigernes basketballhold , men havde problemer med at knytte bånd til nogen af mine kvindelige holdkammerater 1-mod-1 uden foregivet at øve. Lang historie kort, jeg har aldrig rigtig følt mig accepteret for at være mere end blot en del af mig. Jeg vænnede mig meget til mit eget firma, og jeg udviklede en stikkende kynisk personlighed, der skubbede mange mennesker væk.

Indtil en dag i senioråret, hvor jeg tilfældigt blev tildelt Richard som partner til et samfundsfagsprojekt om, hvordan de seneste teknologiske ændringer har påvirket mangeårige traditioner, organisationer eller industrier.

Jeg hadede gruppeprojekter. Alle hader gruppeprojekter. De eneste mennesker, der kan lide dem, er sjælløse ekstroverte, der er bestemt til at arbejde i en HR-afdeling et eller andet sted. Selvfølgelig er det eneste værre end et gruppeprojekt et med en populær. Især når det er en populær og hot dreng. Alle de populære mennesker, jeg nogensinde havde været sammen med, havde været irriterende selvglade og nedladende. Læg dertil de jaloux blik fra alle de andre piger, og jeg blev alvorligt irriteret.

Vi fik de sidste par minutter af undervisningen til at konferere med vores partnere.

Richard var seriøst populær. Han havde ry for at være hjemme i næsten enhver gruppe. Og han var også seriøst varm. Han klædte sig bare lidt bedre end gymnasiet krævede og var en tomme eller to højere end mig. Jeg så ham krydse rummet hen til mit skrivebord, slået af, hvordan hans korte mørke hår syntes at omridse hans ansigt bare for at fremhæve hans kæbelinje markant. Det fik hans smil til at virke meget ægte og varmt, som om han inviterede dig til at deltage i en joke, som kun du og han kendte.

"Hvad ser du så glad ud for?" spurgte jeg, da han ankom til min plads. Som jeg sagde, stikkende personlighed.

"Jeg har ventet på en mulighed som denne! Dette projekt er perfekt." Jeg krympede og tænkte, at det var en virkelig mærkelig pickup-linje. Bare endnu en fyr, der prøver at komme ind i mine bukser.

"Undskyld, men du bliver nødt til at gøre det bedre end det."

" Åh kom nu, fortæl mig ikke, at du ikke har ledt efter den perfekte undskyldning for at lave et skoleprojekt om porno." Jeg lavede en dobbeltoptagelse. '... Okay, det er en ny.'

"Ehm... hvad?" Hans smil blev lidt drilsk, men han fortsatte i en fuldstændig alvorlig tone.

"I årtier var porno formfuldendt. Det fulgte et etableret manuskript med lidt eller intet forspil, blowjob og hardcore-penetration i adskillige usandsynlige og ubehagelige positioner i en sidste pengeskud. I dag får den slags meget få visninger. Efterspørgslen er meget højere nu for mere realistiske skildringer af sex, især for amatører med fokus på kvindelig nydelse. Før købte folk dvd'er med generiske scener på hver. Nu er der hundredvis af subreddits dedikeret til specifikke kinks. Hvad har ændret sig? Er det blot tilpasningen til Internettet? Er det forbundet med et udvidet seertal og et mere forskelligartet publikum? Er det fordi, der er flere leverandører, der forsøger at finde en konkurrencedygtig niche? Der skal være materiale nok til en avis derinde. Hvad synes du?"

Min kæbe var lige ved gulvet. Han var fuldstændig seriøs. Han var lige gået hen til mig, ikke blinket over min uhøflighed, begyndt at tale intellektuelt om porno og virkede legitimt interesseret i, hvad jeg havde at sige. 'Dude har bolde. Det må man respektere.'

"Det lyder som om du har tænkt meget over det her," stammede jeg.

"Det har jeg," bekræftede han. "Jeg er interesseret i, hvad der rører folk. Og, pubescent teenager som jeg er, det ser ud til, at lidt bevæger folk så dybt som sex."

"Han er en ordrig en." Klasselokalet var ryddet ud, og den næste klasse kom ind. Jeg samlede skyndsomt mine bøger i tasken. "Nå, måske er det ikke det samme, men jeg vil vædde på, at der vil være flere ambidextrøse mennesker på grund af porno."

"Virkelig? Hvorfor er det det?"

"Jamen, du skal bruge én hånd til at arbejde musen med og én til at rykke af med." Jeg prøvede at matche hans intellektuelle tone, men kunne ikke helt klare det og grinede til sidst. Det overraskede mig, det havde jeg ikke tænkt mig at sige. Jeg havde tænkt mig at mumle noget om, at jeg skulle komme til undervisningen og skynde mig væk. Og en anden overraskelse, han var ikke mærkelig og grinede med mig.

"Måske har du ret! Måske kan vi passe det ind i konklusionen 'ser frem'-afsnittet. Hør, jeg er nødt til at trigge, men jeg sender dig en besked i aften." Og lige så pludseligt som han var kommet, var han væk.

Det var sådan, Richard og jeg begyndte at knytte bånd – over porno. Som jeg sagde, ikke et normalt platonisk venskab. Alt sammen i uddannelsesforskningens navn til vores projekt, selvfølgelig.

Okay, måske blev vi ved med det efter afslutningen af det projekt, som vi i øvrigt fik 100 på. Han ville sende mig et link til noget varmt, og jeg ville prøve at finde noget varmere, frem og tilbage og prøvede at overgå den anden i timevis. Det tog ikke lang tid, før vi virkelig forstod, hvad der fik hinanden til at tikke.

Richard var en dominerende. Han slap fra at kontrollere 'sine' kvinder og få dem til at adlyde ham. Jeg ved det, fordi han fortalte mig lige i begyndelsen. Jeg spurgte, hvad han var til , og han sagde bogstaveligt til mig: "Jeg er en dominant. Jeg bliver ophidset af at føle mig i kontrol og være sammen med en, der accepterer min kontrol." Okay, måske formulerede han det lidt anderledes... men alligevel. Han sagde det så sagligt, som om det var den mest naturlige ting i verden.

På det tidspunkt var jeg ikke det mindste kvindekinky. Alligevel virkede Richards smag ikke mærkelig for mig. Jeg følte, at det skulle, han viste mig trods alt noget ret sadistisk lort, men det gjorde det virkelig ikke. Jeg kunne ikke føle mig fordømmende over for ham, fordi jeg for første gang i mit liv følte, at nogen virkelig accepterede hele mig. Richard omfavnede den del af mig, der ville være en nørd og drømme om Mistborn . Han opmuntrede den del af mig, der ønskede at være hyperkonkurrencedygtig og ødelægge fjender på basketballbanen og Summoner's Rift. Han forstod den del af mig, der nogle gange ønskede at blive ladt alene. Han stillede mig spørgsmål og fik mig til at føle, at jeg kunne svare sandfærdigt - at han virkelig ønskede min fulde afstumpede ærlighed. Han gav min indre tøs en sikker havn til at komme ud og ikke blive dømt eller føle sig truet. Og måske vigtigst af alt, så forstod han, at bare fordi jeg nogle gange er en total tæve, betyder det ikke, at jeg faktisk hader ham.

Langsomt, næsten umærkeligt for mig, begyndte jeg at blive tændt af BDSM. Jeg fandt mig selv i at dykke mere ned i det og prøvede at finde nyt materiale, der ville tænde ham. Han gav mig til gengæld en fast kost af kink. En diæt, der var skræddersyet til at appellere til mig. For eksempel identificerer jeg mig som biseksuel, men jeg bliver egentlig kun våd for en bestemt slags kvinde. En der er meget stærk og imponerer mig. Det er lidt svært at beskrive, men jeg ved det, når jeg ser det, og det gør han også. Jeg blev forelsket, da han viste mig Queensnake . Hun og alle hendes modeller er skide gudinder for fysisk udholdenhed, mental disciplin og følelsesmæssig styrke. Mine øjne var centimeter fra skærmen og så hende tage slag efter slag og når at rejse sig igen hver gang. Jeg tror aldrig, jeg har været så våd før i mit liv. Jeg beundrede hende så meget, og jeg ville gerne være så stærk.

Men det var aldrig rigtig seksuelt mellem os. Vi talte aldrig om at onanere eller at ville kneppe modellerne eller at stå af eller noget. Vi ville sige 'det er varmt' eller tale om, hvad vi kunne lide eller ikke lide ved det, men på en tydeligvis ikke sexting måde. Det var fantastisk i starten, fordi det fik det hele til at virke sikkert for mig. Jeg var i stand til at udtrykke en tabubelagt del af mig til en, der ikke bare prøvede at komme ind i mine bukser.

Men så gik det op for mig, at jeg ville ind i Richards bukser. Så holdt det op med at være så fantastisk. På det tidspunkt var vi færdiguddannede og gik på forskellige colleges med tre stater fra hinanden. Vores forhold udviklede sig. Vi ville kun se hinanden online eller i ferier, når vi var hjemme. Den pornografiske del af vores dynamik aftog dramatisk til et endeligt stop, da vi begge begyndte at date. Nå, han datede. Jeg smed mig selv ind på den hotteste krop til en given fest.

Ikke desto mindre var det en enormt formativ del af mit liv, og hele vores gamle historie med instant messenger-samtaler blev gemt på min eksterne harddisk. Årelange links, downloads og erotik blinkede for mine øjne, da jeg indlæste det på min bærbare computer. I løbet af mange behagelige nætter havde jeg sorteret det hele i mapper til Iconic Chats, Goddesses, Submissive Fantasies, Romantic Gay, Friends to Lovers (en særlig guilty pleasure af mig), flere dusinvis. Nogle gange vil jeg have noget tilfældigt, nogle gange noget bestemt. På arbejdet den dag havde jeg brugt pinligt meget tid på at dagdrømme om en yndlingsvideo.

Mine fingre dykker til min fisse, da jeg trykkede på play på 'Amatør giver hendes kæreste et blowjob (#14)'. Hendes lidenskab og begejstring gjorde det varmt, da hun tilbad hans pik med sin mund. Hendes ansigt var en collage af konkurrerende følelser - spænding, glæde, fokus, nydelse og kærlighed - da hendes øjne fløj mellem hendes elskers ansigt og hans pik. Det er som om hun vidste, at hun skulle holde øjenkontakt, mens hun sutter ham, men hun kunne ikke lade være med at stirre på hans pik. Og det var en smuk pik! Tænk og velskabt, det så ud som om det ville fylde min kusse vidunderligt.

Jeg krøllede mine fingre inde i mig selv, gned mit g-punkt, mens jeg fingerede på min klit og forestillede mig at blive fyldt af pikken i hendes mund. Mit hjerte susede i takt med hendes vippende hoved, og hvert slag sendte begærspulser gennem mig, hvilket fik min fisse til at dunke af begær. Mine muskler spændte og ufrivillige lyde undslap mig. Det var præcis den slags sjusket blowjob, jeg ville give Richard! Føler hans dunkende hårde pik i min mund... hans hænder på mit hoved styrer min rytme... Fornøjelsen, der spiller på tværs, er smukt ansigt, mærker hans hårde mavemuskel bøje, hans ben dirrer ved mine sider, mens jeg sutte ham.. Jeg stønnede af fornøjelsen, der strømmede gennem mig og forestillede mig, at han kunne mærke min stemme på sin manddom. Min fisse udstrålede varme som en ild, tilsyneladende immun over for alle våde safter, der strømmede fra mig.

Noget andet. Endnu en video. Hvis jeg holdt fast ved denne til slutningen, for at se hendes udseende af ren tilfredshed, efter hun havde slugt hans ladning, ville jeg komme på få sekunder, og jeg var nødt til at holde mig tilbage. Drille og benægtelse er et af Richards yndlingsspil, og jeg er ikke nær så god til det som nogle bloggere, jeg følger, men der var meget på spil, der afholdt mig fra at vælte ud over kanten. Tilfreds mig er rationel. Rationel mig bliver nervøs og bange for at tage chancer. Rationelle mig havde holdt tilbage fra at bekende sin tiltrækning til Richard i årevis, og hun havde ikke noget med at komme ud i aften!

Jeg var så opslugt af onanerende hedonisme, at jeg ikke så den nye tekstalarm i et stykke tid.

Richard: Hej, jeg er i dit nabolag i aften. Vil du spise middag med mig?

"Han må være den eneste fyr på Jorden, der bruger korrekt tegnsætning i tekster," tænkte jeg. Vores sms-historie var en lang række af perfekt korrekturlæst engelsk fra ham, kontrasterende tekststenografi og emojis fra mig. Dette var det! Alt efter planen! Okay, tænk ikke, lad bare dine hormoner tale for dig.

Erika: ja det lyder godt

Erika : Der er noget, jeg ville tale om

Erika: lad mig ikke sige det ikke noget

'Succes!' Jeg forventede at føle mig opslugt af fortrydelse og ville tage det tilbage, men det gjorde jeg ikke. Lidt nervøs, men spændt. Min klit, der var forvirret over, hvor hendes nydelse var forsvundet hen, dunlede af frustration. Jeg smilede og klappede hende blidt som en hvalp. "Bare rolig, du vil snart have noget reel handling... håber jeg." Jeg formoder, at det er svært at føle sig for ængstelig med så meget begær, der løber gennem dine årer.

På en rigtig måde, hvad havde jeg at miste? Richard havde været min bedste ven i syv lange år, men vores forhold havde ikke været, hvad jeg ønskede for de fleste af dem. Jeg havde aldrig følt mig rigtig tilfreds med nogen af mine partnere, og jeg havde været nær morderisk jaloux på alle hans veninder. Også rationelt set var dette det perfekte tidspunkt. Vi var begge single og boede så tæt på hinanden, som to arbejdende voksne med rimelighed kunne håbe på.

Okay, måske havde det været 'det perfekte tidspunkt' i flere måneder allerede, mens jeg trak fødderne... men det var ved siden af!

Der var sket noget med hans sidste kæreste. De var sammen i over to år, men deres brud var dårligt. Vi talte aldrig om hans romantiske partnere, sandsynligvis fordi jeg blev bidsk de første par gange, de kom op. Uanset hvad det var, var det så slemt, at han nu forsøgte at undertrykke sin naturlige kinky dominerende side og ledte efter vaniljetilfredshed i en række Tinder-forbindelser. Han virkede mindre som sig selv... mindre selvsikker og altid lidt træt.

Mere end bare min egen ulykkelige tiltrækning ville jeg hjælpe ham. Jeg ville være den, der omfavnede ham fuldt ud og lade ham være sit rigtige jeg, som han havde gjort for mig. Efter mange forsøg på at trække ham ud af sig selv, havde jeg endelig indset, at den eneste måde at gøre det på var at give ham en ny underdanig. Og det skulle være mig.

Okay, fint, jeg var mere end en smule nervøs for det. Richard var naturligvis meget dominerende, men jeg var ikke født underdanig. Jeg ville gerne være en for ham, men jeg vidste ikke, hvor godt jeg kunne præstere. "Det vil være fint," sagde jeg til mig selv for hundrede gang, "få ham om bord først, så bekymre dig om de kinky ting senere."

Richard: Nå, du har min opmærksomhed. Jeg kommer forbi dit hus om en time. Har du lyst til italiensk?

'En time!?!' Det var ikke sådan, at jeg nogensinde har brugt evigheder foran spejlet, men jeg havde seriøst brug for et brusebad. Varmt vand løber gennem mit hår, over mine brystvorter og mellem mine ben... mmm... Noget sagde mig, at jeg skulle bruge lidt tid på at blive ordentligt ren.

DEL 2

25

Han ankom i et jakkesæt, komplet med slips, perfekt krøllede bukser og manchetknapper. Alt det bare for at tage en finale. Typisk. Det er uklart for mig, om han overhovedet ejede et par jeans. En 85 graders sommeraften, og han er klædt på til at imponere og ser stadig irriterende ren, kølig og afslappet ud. Sved var tilsyneladende den slags ting, der skete for andre mennesker. Jeg havde derimod gået med casual jeans og en tanktop. En temmelig lavt skåret tanktop, der viste mit bryst vidunderligt. Jeg havde givet mig selv en lille eyeliner, som er ligefrem fancy for mig, men vi var stadig et par, der ikke passede sammen.

Det var helt typisk for os. Han gik næsten konkurs på mode, mens jeg nok ville brække mine ben, hvis jeg prøvede at gå i hæle. Selvom jeg drillede ham med det, måtte jeg indrømme, at det fik ham til at se forbandet godt ud. Den måde, det skarpt skårne tøj krammede hans sider og viste hans atletiske stel frem... og de bukser krammede hans røv lige præcis...

Der er bogstaveligt talt tusindvis af fantastiske spisesteder i Brooklyn tæt på Richards hus. New York City, på den anden side... ikke så meget. Der er masser af fordele ved at bo på den forkerte side af Manhattan. Som at have råd til husleje og at kunne forlade sit hus uden at blive mobbet, for eksempel. Den største er udsigten. Udsigten over downtown Manhattan fra New York City er de bedste byudsigter på jorden. Jeg var meget glad for dette, da Richard og jeg slog os ned på en italiensk restaurant ved vandet, fordi det trak hans opmærksomhed væk fra mig, mens jeg kæmpede for at komponere mig selv.

"Bare træk vejret," sagde jeg til mig selv, "det er Richard, du taler med ham online hver dag." Men han havde ikke en gang tjekket min spaltning. Jeg havde ikke engang set min røv, mens jeg havde bundet min sko. Det fyldte mig ikke med selvtillid.

"Det er fantastisk," sagde han og stirrede ud over vandet mod Battery Park og Wall Street, "fanger min opmærksomhed, uanset hvor mange gange jeg ser den."

"Ja."

En behagelig brise blæste vandet af over os og drev den værste sommervarme væk. Det bølgede gennem Richards hår på en meget iøjnefaldende måde. Der steg varme gennem min krop, som ikke havde noget med temperaturen at gøre. Han var bare så fucking sexet i et jakkesæt... På den anden side af vejen fra vores bord stimlede turister langs stien langs floden. En gruppe med en selfie-stang kom i vejen for alle andre, og nogle motorcyklister forsøgte forgæves at bevæge sig hurtigere end en kravle. Vi grinede begge, da en uforsigtig knægt mistede en kringle til en måge.

"Du ved, jeg er ved at dø af spænding herovre."

Jeg sprang og indså, at hans opmærksomhed var flyttet til mig. Tid til at fortælle ham det. Men med det samme forsvandt den ophidselse, jeg havde forsøgt at skærme mig selv i. Sommerfugle flagrede gennem min mave , og jeg mærkede, at jeg rødmede. 'Det er Richard! Fortæl ham alt andet! Hvis han var en anden i verden, ville du allerede flirte med ham. For fanden! Du er en voksen røvkvinde, tag dig sammen.'

"Hvad?" var alt, hvad jeg formåede at komme ud. " For helvede !"

"Hmm... lad os se, om jeg kan gætte. Du afsluttede ikke ARA-projektet på arbejdet, du ville have fejret det med det samme uden at være kryptisk omkring det. Det samme gælder for Tyler, der endelig blev fyret. Du fik ikke en hæve , ellers ville du have købt den dyreste vin på menuen. Den ene smule til sidst gør mig virkelig nysgerrig . "Lad dig ikke sige, det er ingenting." Hvad kunne du mene med det?"

Richard er en fuldstændig slave af sin egen nysgerrighed, så jeg havde forventet sådan noget, og jeg havde brugt timer på at finde ud af, hvordan jeg ville håndtere det. Jeg havde prøvet en masse varianter af taktfuldt at lette ind i emnet. Jeg hadede dem alle sammen. Subtilitet er virkelig ikke min ting. Jeg sukkede, bed tænderne sammen og brød ud:

"Jeg vil være din kæreste." Jeg kommer ikke til at se overraskelse i Richards ansigt særlig ofte. Det føltes rart at bytte vores typiske roller på den måde. Lad ham være ude af balance for en gangs skyld. Jeg havde sagt det! Jeg havde endelig sagt det! "Gud, det har jeg gerne villet sige i årevis! Men du har altid været kærester med nogen , eller jeg var for meget fej, eller jeg håbede, at du ville gøre noget ved mig alene ." Jeg prøvede at måle hans reaktion, men kunne ikke. Hans seriøse pokeransigt var tændt, og det gjorde mig utryg. "Og... jeg er vist træt af at vente. Og jeg ved, du har været elendig med alle de der Tinder-forbindelser. Du har prøvet at være en, du ikke er, siden du og Chloe slog op. Jeg vil have dig at være dit fulde jeg med mig. Så ja, der er det... vær sød at sige noget."

Var det frygt i hans ansigt? Nej... frygt? Et hul åbnede sig i min mave og truede med at trække mig ned i den. Men nej, der var mere der. Ønske? Længes efter? Var jeg bare at vise mig selv følelser, jeg gerne ville se? 'Vær sød at sige noget!' Jeg tiggede internt, 'vær venlig!'

Endelig gjorde han det. "Wow, det er meget at tage ind." Noget af ligklædet løftede sig, og han tilbød et forsigtigt smil. "Du kan slappe af. Jeg vil gerne have dig. Rigtig meget."

"Du gør?" 'AHHHHH!'

"Ja, og jeg er ked af, hvis jeg har fået dig til at føle dig uønsket.

Hans ord og hans udtryk stemte ikke overens. "Du ser ikke begejstret ud."

Han sukkede. "Jeg tænker på, hvad du sagde om, at jeg er noget, jeg ikke er. Jeg formoder, at du har ret, men jeg vil gerne høre det fra dit perspektiv. Hvad får dig til at sige det?"

"Du har virket nede på dig selv. Ikke så meget omkring mig, men bare generelt. Du virker ikke så sikker på dig selv og har disse små forsinkelser. Det er som om du har en normal reaktion på ting, du undertrykker eller gentænkning eller noget. Jeg lagde mærke til det lidt efter dit brud, og det føltes som om, du ikke fik det bedre." At indrømme den næste del var svært, men det skulle siges, "se, jeg ved, jeg har været en fuldstændig jaloux tæve på alle dine veninder, og jeg er ked af, at jeg aldrig spurgte om dig og Chloe, men jeg ved, hun var din første virkelig seriøse langsigtede D/s-forhold. Tingene endte dårligt med hende , og du har forsøgt at slukke for den dominerende del af dig selv. Men du kan ikke. Det er bare, hvem du er, og det er en del af dig, der gør du glad."

"Og du siger, at du ikke er opmærksom på mennesker..." mumlede han for sig selv. Så, højere, "Så du vil date mig for at sætte mig sammen igen?"

Jeg kiggede spidst på ham op og ned, lod mine øjne blive hængende over hans læber, hans fitte figur og direkte ind i hans skridt. "Jamen... det er ikke kun den grund." Jeg havde aldrig prøvet at flirte med ham, og det føltes godt. Jeg ville flytte samtalen væk fra nedtonede områder og fokusere mere på os sammen, men det lykkedes ikke.

"Hvad nu hvis der er en god grund til, at jeg prøver at efterlade magtudvekslingen? Hvad nu hvis jeg sårede Chloe alvorligt, og jeg besluttede, at det er en smule fucked at blive tændt af min elskers smerte?"

"Åh gud, hvor meget har han ondt indeni?" Jeg havde det forfærdeligt, da jeg indså, at min jalousi havde forhindret mig i at støtte mig. Jeg ville kramme ham, men jeg vidste, at det ikke var måden at komme til ham på. Han reagerede bedst på rationalitet. "Du antyder, at du var voldelig , og jeg tvivler stærkt på, at det er sandt. Du er en af de mest eftertrykkelige mennesker, jeg kender. Tager jeg fejl i det?"

"Nej..." sagde han tøvende, "ikke misbrug på den måde. Men jeg brød hendes tillid et antal gange. Tja, jeg formoder, for retfærdigheden, at vi begge brød hinandens tillid. Men alligevel -"

"Richard," afbrød jeg ham, "vi er femogtyve. Vi er unge! Vi gør nogle gange ting, vi fortryder." Jeg tog hans hånd fra den anden side af bordet og klemte den for at understrege. "Du kan ikke blive ved med at straffe dig selv for evigt. Du fortjener at være lykkelig." Hans hånd var fast og kraftfuld i min. Jeg nød at holde den mere, end jeg havde forventet.

Vi stirrede begge ned på vores samlede hænder. Han syntes også at kunne lide det. Men alligevel var han ikke overbevist. Jeg følte, at jeg var tæt på...

Jeg pressede ham lidt hårdere, "Se, du er ikke glad nu. Benægt det ikke, vi ved begge, at det er sandt. Bortset fra årsager gav du vanilje-livsstilen mere end dens fair chance, og eksperimentet er mislykket. Måske er det tid til at prøve at komme tilbage på den metaforiske cykel? Ældre og klogere, ved du ?" Jeg holdt vejret, mens han tænkte over det. Sekunderne tikkede forbi, men jeg vidste ikke, hvad jeg ellers skulle sige.

Langsomt smilede han. Noget ved ham ændrede sig, næsten umærkeligt. Han virkede lidt større i mit syn og lidt mindre anspændt. Jeg kunne mærke, at det ikke var slut. Jeg ville stadig have meget arbejde med at helbrede hans ar, men han virkede villig til at give mig en chance.

"Du har ret, jeg har ikke været glad. Jeg indrømmer, jeg har savnet det." Han gav mig et ulveagtigt blik, sulten af begær, "Måske er det egoistisk af mig, men jeg føler, at jeg ville have dig til at tale mig til det. Måske især fordi det er dig..." Det umiskendelige begær i hans øjne begejstrede mig absolut. Især fordi det er mig? Var det muligt, at han også havde fantaseret om mig? Mit åndedræt tog fart, og mit eget ønske genopstod. Det begyndte at føles ægte. Jeg ville have ham! Jeg greb hans hånd hårdere, besiddende. 'Mine!'

"Men alligevel," fortsatte Richard, "jeg vil gerne sikre mig, at du forstår, hvad du går ind til. Der er stor forskel på at være min kæreste og at være min underdanige."

"Det er fint, jeg vil være -" Han gjorde mig tavs med øjnene. Den dag i dag aner jeg ikke, hvordan han gør det. Intet fysisk ændrer sig i dem, men på en eller anden måde virker det hver gang. Det var første gang, jeg virkelig følte hans dominans rettet mod mig. Jeg havde følt det før, set det udstillet i forskellige nuancer konstant, men han havde aldrig rigtig slået mig med det sådan. Det havde en øjeblikkelig virkning. Ord døde i min mund , og jeg rystede. Jeg pressede mine ben sammen og mærkede varmen i mig intensiveres.

"Det her er vigtigt. Hvis du virkelig ønsker, at jeg skal være mit fulde og uhæmmede jeg, så taler vi ikke bare om noget kinky sex et par gange om ugen. Vi taler om, at du overgiver dig til mig. Fysisk, mentalt og følelsesmæssigt vil jeg stræbe efter at eje hele det, der gør dig til , Erika. Det ville være meget anderledes end det venskab, vi har haft hele vores voksne liv. Er du sikker på, at det er det, du vil?"

Jeg mødte ufortrødent hans alvorlige tone. "Ja. Jeg vil gerne prøve. Der vil være en indlæringskurve, men jeg vil have det her."

"Det ved jeg, at du gør. Du har dit sind indstillet, og du er fast besluttet på at se det igennem. Din stædige streak vil være ret sjov at lege med." Han kiggede på mig, langt mere åbenlyst seksuelt, end han nogensinde har haft i hele vores forhold. Viser mig bevidst sin opmærksomhed på mine bryster, mine læber, min hals. Jeg pressede mine ben hårdere sammen og svælgede over hans opmærksomhed. Mens han stirrede åbenlyst på min spaltning, stivnede mine brystvorter, som om de også ville have hans genkendelse.

"Alligevel," fortsatte Richard, "vil jeg ikke føle mig rigtig, medmindre jeg gør mit bedste for at give dig så meget forståelse som muligt, før vi ændrer tingene mellem os. Men det er svært for mig at tale om, fordi jeg aldrig har oplevet ubådens side." Han overvejede, trak derefter sin telefon frem og rullede gennem sine kontakter. "Der er en veninde af mig, som bor ret tæt på, som jeg gerne vil invitere til at slutte sig til os. Hun kan fortælle dig alt, hvad hun ville ønske, at nogen havde fortalt hende, før hun begyndte at underkaste sig."

Jeg tænkte på at skubbe tilbage. Jeg var allerede pokkers sikker på, hvad jeg ville. Alt, hvad jeg ville gøre, var at komme hurtigt igennem middagen, skynde mig hjem og tage ham ud af det jakkesæt. Men han prøvede at gøre, hvad han troede var rigtigt, og han ville føle sig bedre til at vide, at han havde gjort det. Så jeg opgav mig for at vente lidt endnu. "Hvis det er virkelig vigtigt for dig, okay."

"Tænk på det som informeret samtykke. Desuden vil du kunne lide hende. Hun er meget din type." Han holdt en pause og overvejede, inden han fortsatte, "og der er lidt baggrundsinformation, som du nok skal vide først."

'En smule' dækkede det ikke ligefrem. Det viser sig, at der var et væld, Richard aldrig havde fortalt mig, mens han beskyttede mig mod min kærestes misundelse. Han og Chloe havde mødt nogle ligesindede par på Fetlife , og de mødtes med nogle få ugers mellemrum. Han var sparsom på detaljerne, men det lød som om, at deres møder var meget seksuelle på en ikke helt monogam måde. Et længselsfuldt blik spillede på tværs af hans træk, da han beskrev den åbne dynamik blandt dem, hvordan de aktiverede og støttede hinanden, og hvordan det var rart at være åbenlyst kinky omkring mennesker, der forstod. Tilsyneladende var han blevet fjern med dem siden bruddet. Denne ven af ham, Cathy, var en del af den gruppe med sin elskerinde, og hun boede en kort gåtur væk. Lille verden.

DEL 3

Cathy dukkede op ved vores bord, lige da vi betalte checken. Jeg siger 'dukkede op', fordi det virkelig virkede som om hun blev til ud af ingenting. Det ene sekund lavede Richard tip-matematik, og det næste var der en lille, bleg kvinde, der krammede ham. Jeg fandt ud af, at de ikke havde set hinanden i et stykke tid på grund af hendes beskyldninger om, at Richard var kede af at holde kontakten og var en pik for at få hende til at gensyn midt om natten.

Ligesom Richard havde sagt, kunne jeg godt lide hendes udseende. Hun var lille, et helt hoved kortere end mig, men atletisk bygget med hårde hænder og en vandrers ben. Hun bar en t-shirt med et lokalt barprint og jeans revet i knæene for at være shorts. Hendes bryster så vidunderlige ud, faste og fyldige nok til at være sjove, men kompakte nok til, at de ikke ville genere hende, mens hun løb. Kortklippet rødt hår indrammede hendes ansigt, vinklet til den ene side for at vise orbital- og helixpiercingerne i det ene øre. Hun var fokuseret på at se mig op, samtidig med at jeg tog hende ind. Vores øjne mødtes, og gnisten af tiltrækning mellem os ville have sendt min gaydar ringe, selvom Richard ikke havde nævnt sin elskerinde. Min type faktisk. Jeg satte mig mere oprejst og viste mig at stikke mit bryst ud.

Hun kunne lide, hvad hun så. "Hvem er din søde ven?" Hun spurgte. Da hun hørte mit navn, gispede Cathy: "Du er den, han altid taler om! Det er dejligt endelig at møde dig, jeg er virkelig glad for, at denne idiot endelig kom over sig selv og bragte dig til vores verden."

"Snakker han altid om mig?" Jeg arkiverede det til senere.

"Faktisk," påpegede jeg, "han gjorde ikke noget. Jeg bad ham ud, og han slæber stadig fødderne om det."

Cathy gav Richard et vantro blik. "Blev DU spurgt ud af en pige?"

Han lo: "Er det virkelig så svært at tro, at nogen ville finde mig attraktiv?"

"Det er svært at tro, at du har brug for en anden til at tage initiativet."

Jeg sluttede mig til Richards latter, glad for, at en anden satte pris på min kamp. "Du skal ikke også slå dig sammen med mig!" han løftede spøgende hænderne op. "I hvert fald, før vi går for meget ind i det, skal vi nok give dem deres bord tilbage. I er begge interesserede i is? Der er et godt sted tæt på."

Vi endte med at gumle kold sukker cremet vidunderlighed i en park nær mit hus. Vi havde bragt Cathy mere op i fart, og jeg fandt ud af, at jeg kunne lide hende. Den måde, hun krydsede boblende varme på med respektløs direktehed, gjorde hende meget nem at forbinde med. Hun havde meget at fortælle om 'vores verden', som hun udtrykte det.

Nogle af hendes observationer var mindre morsomme anekdoter. Som for eksempel, hvordan hun fandt sig selv i at blande manchetter og afgrøder i sine analogier og havde brug for at se sig selv på arbejde. Eller hvordan den hyppigste grund til, at hun måtte stoppe en trældomsscene, var at bruge badeværelset.

Andre var større og mere abstrakte. Alt i Cathys liv føltes overladet. Højderne var højere, de lave var lavere , og hun følte sig sjældent neutral. Hendes elskerinde var i orgasmekontrol, så Cathy var konstant liderlig. Alt, hvad hun gjorde, føltes på en eller anden måde seksuelt, fra at klæde sig på om morgenen til at bestille Starbucks til at møde en fremmed og refleksivt tjekke dem ud. Nogle gange kan noget så simpelt som at tage en dyb indånding på en klar solskinsdag få hende til at føle sig utrolig LEVENDE med store bogstaver. Langt fra at skræmme mig væk, eller hvad Richard nu havde forventet, gjorde det mig mere interesseret. Mine egne eksperimenter i den afdeling gav mig en fornemmelse af, hvad hun forsøgte at sige, og jeg kunne godt lide ideen om at tilføje noget krydderi til min hverdag. Hun gav Richard skylden, som hun kaldte 'Troldmanden', for at have introduceret sin elskerinde for at drille og benægte.

Udseendet på hans ansigt fik mig til at spørge: "Hvorfor er du 'Troldmanden'?"

Han ignorerede mig og skulede på Cathy: "Jeg håbede, du havde glemt det forbandede kaldenavn. Hvorfor fortæller du hende ikke om dit, Firefly?" Af en eller anden grund, på trods af alle de personligt seksuelle ting, hun allerede uforskammet havde delt, fik dette Cathys kinder til at rødme.

"Hendes er let, hendes hår er virkelig brændende," påpegede jeg.

"Ja, Firefly, fordi jeg er rødhåret," sagde Cathy hurtigt, "I hvert fald tilbage til Wiz—"

"Cathy." Richard skar jævnt igennem hendes ord som en kniv. Hverken højere eller blødere, men med umiskendelig autoritet, der fik mig til at ryste og Cathy hoppe, som om hun var blevet fanget på sin telefon på arbejdet.

"Bøde!" Hun indrømmede: "Jeg fik mit kaldenavn i vores lille gruppe, fordi når herskerinde Sam slår mig, lyser min bleghvide røv som en ildflue." Vi grinede alle sammen. Det fik mig dog til at undre mig. Nok mennesker havde set dette fænomen til at være med på kaldenavnet?

"Hvor mange mennesker har set dig få smæk?"

"Alle i mødegruppen og et par andre af vores venner." Hun rødmede dybere og fik hende til at lyse op på en meget sød måde. "Det er ikke nær det tungeste lort, der er sket for en flok."

'Hvad er det tungeste lort, der er sket i denne gruppe?' Jeg undrede mig, men besluttede at holde det spørgsmål til en anden gang. Richard havde afbøjet, og jeg kunne ikke bare lade ham slippe af sted med at fokusere opmærksomheden væk fra sig selv.

"Tilbage til dig nu. Hvorfor er du troldmanden?"

"Det er fordi han kan magi..." begyndte Cathy

"Jeg kan ikke trylle," sagde Richard med et rullende øjne.

"—Selvom han benægter det," pressede hun sig igennem hans afbrydelse. "Heldigvis behøver du ikke tage mit eller hans ord for det! Du kan se på nogle beviser og bestemme selv." Hun tog sin telefon frem.

"Fortæl mig ikke, at du har gemt den video, og at du bærer den rundt overalt, hvor du går." Richard stønnede.

" Selvfølgelig gør jeg det! Har du nogen idé om, hvor varmt det er for os subs?" Hun gav mig sin telefon, "har du nogle høretelefoner på dig? Her, brug mine. Men seriøst, Richard, det er en god ting for hende at se, om du vil give en idé om, hvor intens strømudveksling kan blive."

Han sukkede, men nikkede: "Okay, men husk på, at det er den helt ekstreme ende. Det bør tjene som en advarsel."

Jeg kiggede mellem dem og prøvede at afgøre, hvor alvorlige de var. "Det er en hel masse opbygning. Undskyld mig, hvis jeg er skeptisk, noget kan leve op til det." Richard smilede bevidst, som for at minde mig om, at han havde brugt år på at udveksle porno med mig, og han vidste godt, hvad der ville leve op til mine forventninger.

Hovedtelefoner i, jeg trykkede på play.

Straks blev jeg angrebet af grafisk sex. Kameraet fokuserede på en smuk kvinde, der lå på ryggen på et hævet bord med lukkede øjne, arme ved siden og spredte ben. Specifikt fokuserede den på hendes fisse, som meget tydeligt var meget varm. Blinker af væde spores fra hendes underbund ned til hendes røv, og hendes bækkenmuskler krampede. En skyggefuld skikkelse krøb sammen ved hendes hoved og syntes at hviske i hendes ører. Ind imellem kærtegnede han hende. Hendes ansigt, hendes hals, hendes hår, hans berøringer var blide og syntes at fremkalde varme og hengivenhed... og kærlighed.

Jeg skiftede ubehageligt. Det var tydeligvis Chloe på bordet og Richard over hende. "Vær ikke jaloux, han er din nu, snart vil de fingre kærtegne dig."

Han gik aldrig under hendes kraveben, men hendes krop reagerede, som om han havde en vibrator presset til hendes klit. Hendes mavemuskler bøjede, hendes bryster strakte sig , og alle hendes muskler dirrede. Hun fik krampe, men flyttede sig aldrig, som om hun var en mimer, der optrådte ved at blive bundet af usynlige reb. Hendes arme presses lige ned, mens hendes lår kæmpede mod sig selv for samtidig at åbne sig bredere, klemme sig sammen og forblive helt stille på én gang. Minut for minut blev hendes kampe mere udtalte. Hendes skamlæber flød med blod, og hendes klit blev tydeligt synlig mellem dem. Hun stønnede frit, som en pornostjerne , der optrådte som en hanesulten luder. Richard flyttede for at være ved siden af hende, ligesom Prins Charming bøjede sig ned over Snehvide, men uendeligt meget mere X vurderet. Han hviskede stadig til hende og gik ind mod hendes mund. Chloes hofter stødte sig op i luften og blev mere hektiske, jo tættere Richard kom på sit mål.

Så kyssede Richard hende, og Chloes fisse eksploderede i orgasme. Hendes klit så ud som om den ville briste , og hendes skede kunne ikke have trukket sig hårdere sammen, hvis hun havde haft en pik begravet inde i sig, som hun kunne gribe fat i. Jeg mærkede min kæbe falde. Intet andet end luft havde rørt nogen erogen del af hende. Min egen krop reagerede på det rå raseri fra Chloes orgasme, mens hun blev ved med at komme og komme . Richards læber pressede stadig til hendes, hans tunge tydeligt i hendes mund, hendes orgasme løb over halvandet minut.

Skærmen blev sort.

"Hvordan fanden gjorde du det?" Jeg forlangte af Richard. Han og Cathy grinede begge.

"Du skulle have set dine øjne blive bredere," drillede Cathy mig, "Som jeg sagde, han er en forbandet troldmand."

Richard trak på skuldrene, men så tydeligt selvtilfreds ud. "Simpelt. Jeg sagde, at hun skulle komme, og hun adlød."

"Hvordan skal det være en advarsel?" Jeg spurgte. "Ingen kvinde på jorden kunne se det og ikke have lyst til at smage. Gør det også mod mig." Jeg pegede på skærmen, "Jeg vil have, hvad hun har."

"Okay, sjov til side, der er en masse konditionering, der gør sådan en hypnose mulig." Cathy talte 'Wizard' bag Richards ryg, da han sagde 'hypnose'. "Det er ikke sindkontrol, det krævede, at hun oprigtigt ville lukke mig ind i sit sind og adlyde mig. I hvert fald, gå et sekund tilbage. Kan du give dig selv en håndfri orgasme? En af jer? Selvfølgelig ikke, det er hvorfor videoen er så fascinerende for dig. Det kunne Chloe heller ikke."

"Men," gjorde jeg tegn til telefonen, "jeg har lige set hende gøre det."

"Ja og nej. Ja, hun fik en orgasme uden fysisk stimulation. Men nej, hun kunne ikke give den til sig selv. Hun kunne ikke tænke sig selv ud over kanten, hun havde brug for, at jeg talte hende igennem det. Hun kom pga. Det sagde jeg til hende. Det, Erika, er din advarsel." Hans smil forsvandt, og hans blik trængte ind i mig, som om han forsøgte at tvinge hans budskab ind i mig med vægten af det. "På en meget reel måde fortalte jeg hende, at hun skulle gøre noget, der var umuligt for hende på egen hånd, men hun adlød mig alligevel. Det er, hvor meget magt en dominant kan udøve over en underdanig. Så meget kontrol kan jeg have over dig . Hvis det ikke bekymrer dig, i det mindste en smule, så burde det."

Cathy nikkede, også alvorligt, "Det er sandt. Det er det samme for mig. Efter et stykke tid bliver man så vant til at underkaste sig og være lydig, at ulydighed føles visceralt forkert. Ligesom bare tanken om det. Jeg er også super følsom. til alt fra min elskerinde. Jeg tror, det er sandt for alle underdanige. Hvis din Dom er sur på dig, eller helvede, selv bare lidt skuffet, ødelægger det dig. Kan ikke spise, kan ikke sove, kan ikke tænke på noget ellers. Du vil gøre en helvedes masse for at undgå den følelse."

Det arbejdede sig ind i mit hoved. Jeg var allerede ret følsom over for Richard. For helvede, jeg havde lige brugt en uge på at skære mig selv bare for at prøve at overdøve min frygt for at føle mig afvist af ham. Ville jeg mærke den frygt endnu mere akut? Ville det udvides til at omfatte enhver form for negativitet fra ham? Det bekymrede mig. Jeg har aldrig ønsket at være så følelsesmæssigt trængende, men var jeg ikke allerede på vej derhen?

Men det gav os ikke nok kredit som et par, vel? Richard holdt af mig. Han havde altid holdt af mig som sin bedste ven, og nu vidste jeg, at han ville bekymre sig endnu mere som min elsker. Jeg kunne mærke det dybt i mig selv. Han brød sig virkelig om at sikre, at jeg havde det godt og følte mig tryg.

"Jeg stoler på dig," jeg forsøgte at lægge så meget følelse i ordene som muligt, for at forsikre ham om, at jeg virkelig mente det. Jeg har altid været sur på at formidle mine følelser, men hans tilbagevendende smil lod mig vide, at han forstod. Jeg mødte hans øjne, der forsøgte at formidle så mange følelser som muligt, men jeg følte mig fortabt i de smukke mønstre af blåt, blågrønt og gult omkring hans sorte pupiller. Han på den anden side så ud til at kigge forbi mit ydre dybt ind i mig. Jeg ville vise mig selv for ham, for at han kunne se mig. "Jeg stoler på dig, jeg vil have dig." Jeg forsøgte at formidle mine tanker ind i hans hoved gennem vores øjne. 'Jeg stoler på dig. Jeg vil have dig. Jeg vil have jer alle sammen. Jeg vil gerne gøre dig lykkelig. Jeg vil gerne kysse-'

Tanken var knap begyndt, da der pludselig ikke var mellemrum mellem os. Hans arme omkring mig, hans ansigt tommer fra mit, syntes at tårne sig op over mig på trods af at han var i samme højde. Jeg åndede hans varme og nærhed ind og mærkede mine øjne lukke sig af sig selv. 'Åh min gud åh min gud åh min gud.' Så romantisk osteagtig som det lyder, da hans læber rørte ved mine, gav mine ben næsten ud. Hele min krop syntes at sukke på én gang, og jeg nåede knap at registrere, hvor varme hans læber føltes, før hans tunge var i min mund. Følte han sig så varm, fordi isen havde afkølet mig? Hvorfor havde det ikke virket på ham? Hvorfor tænkte jeg på is på et tidspunkt som dette? Jeg slog tankerne fra og pressede mig ind i ham. Min tunge kæmpede med hans og vi dansede om min mund. Som jeg prøvede, kunne jeg ikke se ud til at komme ind i hans mund. Vi vekslede mellem at flette vores tunger sammen, og at han stiftede min. Han holdt mig tæt for at få mig til at føle mig ønsket, ønsket på en måde, jeg havde brug for at føle fra ham i årevis.

Det var perfekt. Set i bakspejlet kan jeg ikke sige, om det føltes sådan, fordi kysset faktisk var så godt, eller fordi det var vores symbolske først. På det tidspunkt følte jeg ren opstemt glæde. Nå, måske faktisk ikke 'ren' glæde. Det var fortyndet med en smule lyst. Okay, måske en masse lyst. Jeg pustede, våd nogle steder og stenhård andre, da vi endelig kom fra hinanden.

"Du læser mine tanker," hviskede jeg til ham, "du er virkelig en troldmand."

"Ingen magi, simpel mugglerbiologi. Dine pupiller var meget udvidede. Betyder, at du er ophidset."

"Wow, det ser I begge ud til, at I havde brug for." Jeg havde glemt Cathy!

"Undskyld! Det var ikke meningen at gøre dig til et tredje hjul."

"Det er fedt, jeg har sneget efter mange make out-sessioner. Hvad angår heteroer , var det ret varmt . Jeg giver jer 8 ud af 10. Point for rå tørst, men kunne forbedres med mere famlen og mindre tøj."

'Mindre tøj! Nu er der en idé.' Jeg indså, at jeg skamløst potede på Richards bryst langs knapperne på hans skjorte. Cathy bemærkede med et smil: " Når det er sagt, så tror jeg, jeg tager hjem nu. Jeg finder dig på nettet, Erika. Jeg er sikker på, at jeg snart ses begge to!" Hun kunne være forsvundet lige så pludseligt, som hun var dukket op. Jeg ved det ikke, jeg havde for travlt med at grine som et fjols til Richard.

"Lad os gå hjem," sagde jeg. At se hans nikke føltes som ren sejr.

DEL 4

45

Min lille lejlighed føltes helt anderledes. Richard sad i min komfortable skrivebordsstol, mens jeg besatte den hårde klapstol, der typisk var reserveret til gæster. Det var ligesom sket sådan. Som om det var hans hjem , og jeg bare boede her. Jeg kaster et fåragtigt blik rundt på stedet. Mit arbejdstøj lå stadig i en bunke, hvor jeg havde smidt det tidligere, min seng var uopreddet mod bagvæggen, opvasken lå stadig i vasken, og mit skrivebord var i fuldstændig uorden. Richard bemærkede, at harddisken stadig var tilsluttet min bærbare computer og spurgte drillende, om jeg havde fået noget ud af det for nylig. Jeg mærkede mit blod stige. Det kunne have været det mest seksuelle stød, han nogensinde havde taget imod mig.

Jeg kunne lide det, og efter al opbygningen var jeg træt af at vente. Så jeg fortalte ham alt om, hvad jeg havde lavet før aftensmaden. Jeg fortalte ham, hvordan jeg havde gjort det samme hver dag i en uge, hvor jeg arbejdede op til i aften. Jeg tændte for den erotiske flirt, jeg altid havde ønsket at være for ham, idet jeg var så provokerende som muligt og beskrev mine fingre, der snoede sig inde i mig selv, mens jeg forestillede mig alle de ting, jeg ville gøre ved ham, og han ville gøre mod mig. Hvordan jeg ville suge ham hele vejen ned til hans baller, indtil han voksede hårdt ned i min hals. Hvordan jeg havde været så våd i timevis, at han med det samme gled ind i mig uden noget forspil. Hvor ville jeg ønske, at han havde stødt ind i mig, hårdt og hurtigt, og banket mig hårdt nok til at få sengen til at ryste.

Han lyttede, høfligt opmærksom som altid, lige så afslappet, som om vi talte om, hvor man kunne få frokost. "Og du siger, du er dårlig til at udtrykke dig," kommenterede han ironisk. Hans kropsholdning skiftede subtilt fra afslappet afslappet til at være mere fokuseret og intens. "Det er det, du vil, hva'? At 'kvæle på min pik og blive kneppet til splinter', som du så veltalende udtrykker det?" Jeg slugte og nikkede, mine ord lød meget mere beskidte fra hans mund. "Jamen, det kommer vi snart til. Først skal vi dog tale om de to love."

"Bare to regler?"

"Åh nej, du vil have tonsvis af regler at holde styr på. Disse er forskellige, de kaldes love af en grund. Når du kommer ned til det, er regler bare en del af spillet. Hvis du ikke adlyder reglerne, du får en sexet straf og legen fortsætter, lovene skal derimod altid adlydes af os begge.

"Den første lov er for sikre ord. Rød og gul. Sig 'Rød' til enhver tid, og alt stopper. Sig 'Gul', og vi sætter farten ned. De sikre ord er til for at holde os begge sikre og for at hjælpe os begge til at føle os godt tilpas. Du kan bruge dem til enhver tid, uanset årsag. Vi taler om, hvordan du har det, og hvordan vi kan hjælpe dig til at føle dig bedre. Der er aldrig nogen skam ved at bruge et sikkert ord." Hans fokus tilføjede en kant til hans ord: "Det viser ikke mangel på tillid eller vilje til at underkaste sig eller noget i den stil. Du skal aldrig føle dig presset mod at bruge dem. Hvis nogen nogensinde prøver at fortælle dig anderledes, så fortæl dem at kneppe dem selv.

"Den anden lov omgiver ærlighed. Jeg vil aldrig lyve for dig , og jeg forventer, at du altid er ærlig over for mig. Hvis jeg f.eks. slår dig, og jeg tjekker ind på dig, forventer jeg, at du er ærlig. Hvis du har alvorlige smerter, og du orker ikke mere, jeg forventer, at du fortæller mig det og ikke lyver, fordi du tror, det er det, jeg gerne vil høre. På samme måde, hvis du tror, du har rodet, og jeg fortæller dig, at det er okay og jeg er ikke vred, du skal tro på det og ikke gætte det.

"Grundlæggende handler de to love om åben og ærlig kommunikation. Det er vigtigt for alle par, men det er især kritisk for BDSM. Strømudveksling er mere end kompliceret nok uden at skulle beskæftige sig med grundlæggende ting som det."

"Rød og gul. Let at huske. Jeg forstår det. Men betyder det ikke, at jeg bare kunne klage mig over at blive bundet eller tæsk?" Det gjorde hans smil fra alvorligt til ulv.

"Det kan være en bekymring for nogle mennesker, men ikke dig. Du ved ikke, hvordan du gør noget halvvejs . Det er en del af det, der gør dig så attraktiv for mig. Jeg er ikke bekymret for, at du giver mindre end 100 procent, Jeg er bekymret for, at du prøver at presse dig selv 130 procent og bliver såret."

"Fair nok," nikkede jeg.

Han satte sig langsomt op og syntes på en eller anden måde at få mere højde, end han burde have haft. Han virkede som et rovdyr, der så ned på et meget velsmagende bytte. Det fik mig til at føle mig mindre, men samtidig ønsket. "Du har haft kontrol over dig selv hele dit liv. Hvordan du bruger din tid, hvordan du bevæger dig, hvem du forfølger, hvordan du har sex... Du er jomfru i denne nye verden, Erika. En meget liderlig og villig jomfru." Han vilde grin udvidede sig, som om jeg var en saftigt duftende bøf, "Så nu... er du klar til at opgive lidt kontrol?"

Jeg havde aldrig været mere klar!

Antiklimatisk skubbede han mig ikke til jorden og kneppede mig. I stedet gav han mig besked på at stå med ryggen mod væggen. Det og intet mere. Han sad, hans øjne strejfede over mig, mens jeg stod og rodede. Han virkede som en på et museum, der tog sig tid til at værdsætte en mesters maleri. Han fokuserede ikke på nogen del af mig specielt, men han så ud til at fange mig hele tiden. Jeg forestillede mig, at jeg kunne mærke hans blik som en meget let fysisk fornemmelse, der spillede over min hud. Det fik mig til at føle mig meget udsat, selvom jeg stadig var fuldt påklædt.

"Ved du hvorfor jeg finder dig attraktiv?" Spurgte han. Jeg blev overrasket over pludseligheden og over selve spørgsmålet. Indtil for et par timer siden havde jeg været sikker på, at han slet ikke var interesseret i mig.

"Nej—øh—" Jeg indså, at jeg skulle give ham en hædersbevisning, men vidste ikke, hvad jeg skulle bruge, så jeg valgte som standard "-mester." Det fik ham til at grine af.

"Jeg foretrækker 'Sir', men jeg kan godt lide, hvor dit hoved er."

"Åh. Må jeg spørge hvorfor?"

"Du kan altid spørge 'hvorfor'. Normalt vil jeg endda svare. Mester indebærer et niveau af... ja, beherskelse, som jeg ikke føler, jeg besidder. Det er faktisk en del af, hvorfor jeg ikke kan lide det 'Troldmand'-kælenavn Så meget. Begge synes at formidle en følelse af ufejlbarlighed, som ikke er mig."

"Åh. Okay, Sir. Nej, jeg ved det ikke."

"Du er stærk, beslutsom, yderst intelligent," stod han og kom mod mig, "og du besidder en følelse af selv, der er helt din egen. Du opsøger og gør det, der gør dig glad, simpelthen fordi det gør dig glad, forventninger til andre være forbandet. Jeg beundrer den tapperhed i dig." Mit ansigt varmede ved hans ros , og jeg svulmede af stolthed. Det føltes fantastisk at blive anerkendt på den måde fra ham!

Ikke desto mindre var jeg nysgerrig, "men det er egentlig ikke særlig underdanige træk, sir?"

"Tværtimod er det de mest tiltalende træk, en underdanig kan have. Enhver kan dominere en svag person. Det kan være sjovt, men der er ikke noget særligt ved det. En svag person har ringe magt til at give afkald på den dominerende." Han kærtegnede let min kind, og hans fingerspidser sendte kuldegysninger gennem mit hoved, "Men når en stærk vælger at opgive sin magt til en dominant... ja nu, det er noget helt andet." Hans hånd snoede sig rundt til bagsiden af mit hoved og greb mit hår fast, men ikke ubehageligt. Jeg fandt ud af, at jeg ikke kunne bevæge mig, ikke kunne vende mig væk, hvis jeg havde ønsket det. Jeg ville ikke, jeg lænede mig tilbage i hans hånd og ville føle mere.

"Du har så meget kraft indeni dig, Erika," hviskede han med hans ansigt lidt mere end en tomme fra mit. "Jeg føler, at det er meget berusende for mig." Han trak vejret dybt ind som en kender, der lugtede en god vin. Hans læber fortærede mit syn, så tæt på mit eget. Jeg ville gerne mærke dem igen, men hans greb om håret lige bag mit hoved holdt mig fast på plads. Jeg forsøgte at læne mig frem, mit ønske kortvarigt kæmpede mod hans greb om mig, før jeg gav op og lod mig hvile mod hans hånd igen. Jeg havde aldrig følt mig så meget kontrolleret før i mit liv. Hans øjne brændte i mig, og min ånde kom i korte gisp. Jeg spekulerede på, om mine pupiller udvidede sig igen.

Så slap Richard mig og trådte tilbage. "Tag din top og bh af," sagde han. Tilfældigt, som om han havde spurgt, hvad klokken var.

Noget ved det fik mig til at rødme igen. Jeg ville have det her. Jeg ville føle mere og gå meget længere. Men på en eller anden måde følte jeg mig meget nervøs at tage det første skridt og blotte mine bryster for ham. Kvaler af usikkerhed om min krop sneg sig ind i hjørnerne af mit sind. Hvad hvis jeg lignede for meget af en tomboy for ham? Mine hænder gik ikke i gang for automatisk at adlyde hans kommando. Det ville have været for nemt. I stedet fumlede de bag mig med låsen som en jomfruelig gymnasieelev, der forsøgte at nå anden base. Det blev endelig løsnet, og jeg smed bh'en til siden. Ironisk nok landede den lige ved siden af min seng oven på mit kasserede tøj fra timer siden.

Jeg elsker mine bryster. Jeg elsker dem helt ihjel. Jeg elsker, hvordan de føles i mine hænder, jeg elsker den glæde, de giver mig, jeg elsker følelsen af frihed, når de kommer uden bur efter en lang dag i en bh. Og lige da ELSKEDE jeg fuldstændig den effekt, de havde på Richard. Hans øjne var klistret til dem , og han nikkede lidt anerkendende. Måske forestillede jeg mig det, men jeg kunne sværge på, at der voksede en bule i hans bukser.

"Flyt fingrene bag hovedet og krum ryggen lidt." Jeg efterkom hurtigt, løftede mine arme og pressede mit bryst ud, så mine bryster blev så fremtrædende som muligt. Endnu en gang sporede hans fingerspidser over min hud, denne gang på mine mavemuskler. "Hold dig stille."

"Ja, sir," lovede jeg. Han gled hen over mine glatte, hårde mavemuskler, lige let nok til at sende små ranker af nydelse gennem mig ved hans berøring. Rysten løb opad gennem mig, jo højere han gik, tomme for tomme opad over min mave. Han drillede mig, gik smerteligt langsomt og mærkede min bare hud rundt omkring overalt undtagen de pletter, jeg ville have. Mine brystvorter blev hårdere og mere udtalte for hvert hjerteslag. De råbte på opmærksomhed, om at blive gnidet og klemt og fornøjet. Men til min forfærdelse sprang han over dem og fokuserede i stedet på mine arme og skuldre.

"Du har fremragende triceps og skuldre," komplimenterede han beundrende. Det gjorde næsten op for al drillerierne. Der er en udvalgt gruppe af ting, piger er vant til at få komplimenter for fra mænd, og disse muskler er ikke på listen. Han kunne lide min krop for hvad den var!

"Tak, sir! Det er år med basketball og sved i fitnesscentret."

Til sidst, i en bevægelse, kuperede han begge mine bryster. De udvidede sig til hans stærke, faste hænder, mens jeg inhalerede, hvilket fik mig til at gispe af nydelse.

"Er disse meget følsomme?" spurgte han og lagde mærke til min reaktion.

"Normalt ikke så meget," jeg havde meget svært ved at holde mig stille og ikke presse ind i ham. Han klemte let og nød tydeligt at kære mig lige så meget, som jeg var. Jeg lukkede øjnene og drak fornemmelserne ind. Mit bryst faldt af fornøjelse, da jeg præsenterede mig for Richard for at lege med, som han ville. Det føltes godt.

Mine brystvorter eksploderede. Mine øjne sprang op , og jeg lagde mig dobbelt og udstødte en underlig stønnende hyl. Richard havde mine meget drillede knopper mellem fingrene , og han rullede dem ikke for blidt.

"Hold stille," mindede han mig om. Jeg nikkede, men det var meget hårdt. Fornøjelsen strømmede gennem mig, krydret med en smule smerte, når han klemte. Hver sansepuls sendte et stød ned til min klit. Jeg følte mig som hans legetøj. Som om min krop eksisterede for hans morskab, og min bevidsthed eksisterede for at bidrage til hans sjov. Han tøffede og klemte og nød at se mig skifte mellem glade suk og forskrækkede hyl.

"Glæde eller smerte?" spurgte han.

"Begge," gispede jeg, "det er meget intenst." Han smilede bredt og slap dem, æltede mine bryster, mens brystvorterne fik tid til at komme sig. Om noget var dette endnu mere intenst end før. Kraftige prikkende fornemmelser koncentrerede hele mit fokus i to følsomme punkter, da blodet strømmede tilbage i dem.

"Dit ansigt er vidunderligt udtryksfuldt. Meget ægte. Fjern nu resten af dit tøj."

Denne gang adlød jeg uden tøven. Mine jeans og trusser var både over mine hofter og ned ad mine ben, før jeg fuldt ud registrerede, hvad han havde sagt. Jeg var så våd, så klar til noget ægte fornøjelse, jeg kunne ikke vente med at tage min fisse med ud at lege. Jeg ramte en lille vejspærring omkring mine lægge. Seriøst, hvem der end har designet damejeans, havde ikke hurtig fjernelse i tankerne, især ikke fra atletiske ben. Til sidst, helt nøgen, stod jeg foran Richard.

Jeg forventede, at han ville drille mig endnu mere, men i stedet strøg han straks min busk.

"Barber det her før vores næste møde."

Okay, måske var det her faktisk mere drillende. Han gav næsten ikke min fisse noget tryk eller kontakt overhovedet, blot bløde klappede og trak mit hår. Det var meget distraherende. "Jeg troede, du kunne lide noget hår på en fisse," sagde jeg.

"Det gør jeg, og det er ret rart. Jeg vil dog lære din krop, og hvordan den reagerer, så det vil være meget nyttigt at have klart syn på dit køn. Du værdsætter også din busk meget, så barberer den for mig vil være en daglig påmindelse om din indsendelse."

Jeg slugte: "Ja, sir." »Han må mærke, hvor våd jeg er. Kom nu, fuck mig!' Jeg forsøgte ubemærket at presse mine hofter frem, bare en lille smule, men han justerede sin hånd, før jeg kunne få kontakt.

Richard satte sig igen og vinkede mig frem. "Knæle." Jeg var meget taknemmelig for, at jeg havde lagt et tæppe fra mig. Mine svar kom hurtigere, med mindre eftertanke fra min side. At finde sig til rette i hans kontrol føltes godt. Jeg behøvede egentlig ikke tænke ret meget, bare mærke og nyde. "Knæene spredes lidt bredere, kryds dine arme bag ryggen. Tag fat i dine underarme så højt op som du kan." Han guidede mig til den position, han ønskede, brysterne strakte ud og benene spredte bredt, og sagde, at det hed 'Exposed Pose'.

Udsat har ret. For helvede det er intenst. Richard tårnede sig op over mig som en statue. Jeg nåede kun så langt op til den tredje knap fra hans bælte. Stadig fuldt påklædt i sit sprøde, rene jakkesæt, så Richard ned på min fuldstændige nøgenhed. Højdeforskellen føltes tydeligt ny og mærkelig for mig. Vi har altid haft samme højder, jeg var vant til at se ham på mit niveau. Nu kunne han lige så godt have været Zeus siddende på toppen af Olympus. Oven i købet var selve stillingen mere belastende, end jeg havde troet. Mine knæ gravede hårdt ind i tæppet, og mine skuldre var utilfredse med, hvor meget de blev bedt om at strække.

Jeg prøvede at forstå alt det, jeg følte, men gav op. At sige, at jeg følte mig udsat eller sårbar, dækkede bare ikke over det. Jeg knælede på gulvet ved min bedste vens fødder, fordi han havde bedt mig om det. Men mere end det, jeg var her, fordi jeg gerne ville være det. Jeg ville adlyde ham, og at udtrykke det så åbenlyst fik mig til at føle mig mere nøgen, end den simple mangel på tøj kunne forklare.

Men nej. 'Sårbar' indebærer en form for opfattet trussel, ikke? Det var ikke rigtigt. Jeg følte mig fuldstændig tryg, holdt fast i kontrollen. Det var næsten befriende at føle sig så ubekymret. Det føltes bare meget... åbent. Som om mit indre var udstillet sammen med min krop.

"Du er smuk," sagde han til mig, kiggede anerkendende ned over mig. Det ramte mig pludselig, at knælende satte mig meget tættere på bulen i hans bukser. Den meget tydelige haneformede bule lige under hans bæltespænde. Jeg slikkede mine læber, sulten efter det. To fingre under min hage løftede min opmærksomhed tilbage til hans ansigt. "Glæd dig selv."

"Hvad?"

"Du hørte mig."

Mine arme rykkede bag mig. "Som... Onanere? Sir?"

"Ja."

Ja, alt hvad jeg lige har sagt før om at føle sig nøgen? Glem alt det, DET er hvad jeg skulle have gemt de beskrivelser til. Mine fingre gled lettere mellem mine læber end en skater på en skøjtebane. Den første lange, hårde glidning over min klit så ud til at chokere mit system, hvilket tog mig fra at føle mig drillet til at være fuld, klar til at kneppe! Jeg troede, jeg ville komme på stedet.

Han bevægede sig fra min hage for at kærtegne min kind og legede blidt med et par hårstrå.

"Du skal have min tilladelse, før du kan få orgasme, mit kæledyr." Jeg stønnede af fornøjelse, mens de våde lyde af mit slick fyldte rummet. "Du er min nu. Din seksualitet er min at lege med. Jeg bestemmer, hvornår du kommer... hvis du kommer." Det er fuldstændig uretfærdigt, hvordan det at få at vide, at jeg ikke har kontrol over mine egne orgasmer, tænder mig så meget og giver mig lyst til at komme NU! Jeg mærkede det koge inde i mig, presset, opbygge behovet for frigivelse. Det var alt for meget, overvældende, knælende med min fisse spredt bredt og kneppede mig selv for hans indfald.

Han så opmærksomt på, var meget opmærksom på mine fingre, og bemærkede, hvordan jeg favoriserede min klit og gik til penetration, når jeg følte mig tæt på at komme. Da jeg begyndte at tilpasse mig, hvad der skete, tilføjede han endnu et niveau.

"Bliv ved med at se på mine øjne, se ikke ned." Hvorfor skulle jeg kigge ned? Hans udtryk, der så tilbage på mig, var smukt. Hans følelser skrevet der fik mig til at føle mig så speciel. Hans legende, vidende smil var dog tilbage. Det forbandede smil, der altid betød, at han vidste noget, jeg ikke vidste.

Jeg hørte en lynlås. 'Åh min gud, er det? Gjorde han det lige?' Uden at se vidste jeg instinktivt, at hans penis var fri og centimeter væk fra mig. Et blik ned, og jeg ville endelig se det. Richards pik... hvor mange nætter var jeg faldet i søvn og drømte om at blive kneppet af den? Hvor mange klasser havde jeg dagdrømt gennem at forestille mig ham nøgen? Nu var det lige der! Men jeg kunne ikke se på det. Det var så svært at adlyde, at jeg blev ved med at sænke hovedet og måtte tvinge det op igen.

Det blev selvfølgelig kun værre, da jeg indså, at han strøg sig selv. Varmen mellem mine ben gik i overdrev og jeg knugede mig ned på fingrene.

"Vær venlig," klynkede jeg, "det er så svært, må jeg venligst kigge?"

"Jeg nyder at se dig kæmpe. Det er meget varmt at se dig vælge lydighed frem for din egen lyst. Du har det godt." Han lød stolt. Stolt af mig! Jeg ville være stærk for ham, men mine hormoner var helt imod mig. Jeg havde ønsket ham alt for inderligt for længe, det var tortur at holde ud. Bare et par centimeter væk, og jeg ville mærke hans hårde glathed... Jeg savnede følelsen fra før, den frihed, jeg havde følt uden at skulle kæmpe og træffe beslutninger.

Så i stedet for hans pik famlede jeg efter hans anden hånd og bragte den op til mit hoved. Han forstod det uden ord, tog igen fat i mit hår lige bag mit hoved og holdt mig fast på plads. Jeg mærkede straks en byrde løfte mig. Jeg behøvede ikke at overvåge mig selv eller bekymre mig om at kunne adlyde længere. Jeg nussede blidt ind i hans arm og nød følelsen af hans varme hud mod min kind og den autoritative styrke i hans greb.

Jeg følte mig forbundet med ham. Et bånd syntes at have dannet sig mellem os, stærkere end det fysiske greb, han havde på mig. Som at give ham min styrke og mine problemer og at han var stærk for mig, havde bragt os tættere sammen. Det føltes meget intimt og meget, meget seksuelt. Jeg brugte mere tid på min klit end på den for at undgå at vælte. Jeg vil gerne cum. Hver eneste celle i min krop ønskede at komme! Men jeg kunne også mærke, hvor meget mine konstante tilbagetrækninger væk fra min klit, væk fra cumming, tændte Richard. Jeg ville være lydig for ham! Det var svært, men jeg blev ved med at løbe rundt og hentede min tilfredshed fra hans hurtigere vejrtrækning og tapet af ansigtsnydelse.

Jeg er ikke sikker på, hvor længe vi blev ved med at stirre tæt ind i hinanden. Tiden virkede lidt amorf, som om vi eksisterede sammen i en boble, hvor intet andet betød noget. Det ene hjerteslag til det andet, en cirkel over min dunkende og overfølsomme klit og et blødt støn mod hans arm, der kredser videre i en løkke.

"Hvordan har du det?" han tjekkede til sidst ind.

"Lidt overvældet, sir. Men på den gode måde!"

"Godt. Tid til at gå forbi forspillet." Jeg gispede, da jeg mærkede, at han styrede mit hoved ned, "du kan se lige så meget ud, som du vil nu. Hvis du ikke er for tæt på, altså." Jeg skulle direkte ned i hans skød!

Det er svært at sige, om han førte min mund til sin pik, eller om han holdt mig tilbage fra at kanonkugle mit hoved ind i hans skridt. Det blinkede knap forbi mit syn, før jeg fik det opslugt mellem mine læber. Hver centimeter af hans manddom, der gik inde i mig, syntes at fylde mig med svimmelhed, som om jeg lige havde opdaget det bedste legetøj nogensinde. Jeg var fast besluttet på at mærke så meget af det som muligt, udforske hver mindste del af ham med min tunge. Hans smag skyllede ind over mig, kombineret med hans duft og hans pulserende begejstring, alt sammen kom mod mig på én gang. Moskusagtig, blød hud, der dækker stenhård lyst, med et strejf af salt smagende præcum. Langsomt lettede jeg tilbage og fejede min tunge fra side til side på hans underside. 'Det burde være her, lige under hovedet...' Han stønnede hårdt og længe, da jeg ramte det søde punkt.

Jeg følte mig intenst tilfreds med, at jeg kunne bringe den sexede mandslyd ud af ham, lige forbi hans dominerende selvkontrol, men jeg havde lidt tid til at lykønske mig selv. Hans faste greb om mit hår pressede mig ned igen, langsomt dybere og dybere.

"Fortæl mig, når det er for meget."

Jeg elsker at give blowjobs. Jeg elsker alt ved oralsex, men dyb hals har aldrig været min stærke side. Der var stadig godt to centimeter pik tilbage forbi mine læber, da hans hoved ramte bagsiden af min hals, og hans vejledende hånd holdt op med at presse fremad. Jeg ville have mere, jeg prøvede at få mere, men min forbandede hals havde simpelthen ikke noget af det. Jeg kneblede hårdt og blev tvunget til at bakke.

Han gav mig ikke tid til at føle mig skuffet. "Det føltes fantastisk," strålede han ned til mig, "Denne gang skal du smage min sperm."

Han guidede mig ind i en stabil rytme. Op og ned, hans hånd på mit hoved, holder pause ved hvert opslag for at lade mig slikke hans søde sted, før jeg tager mig ned igen. Det føltes virkelig som vejledning og ikke magt. Som om det var mig, der gav ham blowjob i stedet for, at han tog et blowjob fra mig, hvis det giver mening. Han viste mig simpelthen, hvordan han bedst kunne lide det. Ikke desto mindre fik oplevelsen mig til at føle mig dybt underdanig. Knælende foran ham, som om han var min konge, tilbad ham, mens jeg ignorerede, hvor meget vådere dette gjorde min allerede dunkende fisse.

Jeg var i himlen. Jeg nynnede lavt i halsen for at vibrere hans pik, hvilket gav mig endnu et glædeligt støn af glæde fra ham. Jeg suttede ham hårdt og sjusket, mens min tunge konstant arbejdede rundt og rundt, mens hans fornøjelse steg. Stadige strømme af salthed ledsagede hurtigere kæbefyldende banker, da jeg suttede ham. Jeg gjorde mit bedste for at bevare øjenkontakten, kiggede op og prøvede at kommunikere med mit udtryk, hvor meget jeg elskede hans pik, mens jeg holdt mit fokus indad. Det var virkelig meget arbejde! Øverst - slikke hurtigt under hans hoved . Glid ned—før min tunge over hele hans skaft. Nede ved basen—nyn dybt, smil uden at slippe sælen. Skub op igen—sut så hårdt jeg kunne for at give hans hoved pres. Igen og igen, mens han guidede mig op og ned, og forsigtigt fremskyndede mig, da han kom tættere på. Jeg kunne godt tænke mig, at der var en slags kæbemaskine i fitnesscentret. Min tunge brændte, og jeg manglede luft.

Nydelse, mere og mere ukontrolleret, flød frit over ansigtet, indtil han til sidst holdt mig fast og krampede mig kraftigt. Strømme af varm sperm fyldte mig, dækkede bagsiden af min hals og inde i mine kinder, mens jeg febrilsk forsøgte at sluge og blive ved med at slikke ham på samme tid. Det virkede som en uendelig strøm, sprøjt efter spurt løb ud fra ham, og hurtigt overvældende mine bestræbelser på at holde trit. Jeg var ved at spilde noget, da han endelig satte farten ned og med et tungt støn slyngede han baglæns og ud af mig.

Jeg nød resten af hans sperm i min mund. Jeg kan ikke rigtig lide smagen og konsistensen af sperm. Lad os se det i øjnene, hvem gør det? Men at mærke det der, se det tilfredse grin på hans ansigt og huske følelsen af, at han dirrede og pulserede, mens han havde givet mig det... det føltes som et trofæ. Jeg havde fået ham til at føle sig så fantastisk! Min krop havde tændt ham så meget, at han havde haft brug for sin pik suttet, og han kunne lide mit hoved så meget, at han havde flydt over min mund med jizz . Det fik mig til at stråle af stolthed.

Samtidig voksede en lille skygge af skuffelse i baghovedet, knyttet direkte til min dryppende og sørgeligt tomme kusse. Med Richard brugt, ville jeg ikke blive kneppet i aften. Jeg prøvede at fortælle mig selv, at det var dumt og grådigt af mig at føle mig svigtet af det. Jeg skulle tænke på hans behov før mine egne. Det var det, jeg havde tilmeldt mig. Ja, hvad jeg praktisk talt havde bedt ham om. Jeg vidste det, men alligevel, efter at have delt sådan en intimt erotisk oplevelse med ham, tror jeg aldrig, jeg havde følt mig så liderlig i mit liv. Jeg ville gerne komme, for fanden! Det var fandme svært at affinde sig med at give slip på det.

"Du er ret god til det," Richard var kommet sig og rakte en hånd ned til mig, "kom, dine knæ må slå dig ihjel." Det var de, selvom jeg ikke havde lagt mærke til det før da. Jeg var blevet for distraheret af for mange andre ting.

Inden jeg nåede at strække mig ordentligt, oplevede jeg, at jeg var helt løftet fra jorden, draperet op i Richards arme. "Du har gjort mig meget glad i dag," hviskede han i mit øre, "du fortjener en belønning." Mit hjerte sprang et slag over, da han bar mig den korte afstand til min seng. Vægtløs i hans arme følte jeg mig hypnotiseret af hans bundløse øjne så tæt på. Det var virkelig ikke fair, den måde han kunne dreje på en kontakt og overvælde mine følelser på denne måde.

Han lagde mig ud med puder behageligt at støtte mit hoved op. Endnu en gang over mig legede han langsomt med mit hår mellem fingrene. Selvom jeg stadig var nøgen, og han stadig var fuldt påklædt, følte jeg mig ikke helt så bar . Det føltes mere... intimt? Komfortabel? Naturlig? Jeg ved ikke. Jeg havde problemer med at tænke klart, min verden var ved at trække sig sammen til små punkter. Pletterne i mit ansigt, hvor hans fingre børstede mig, følelsen af, da han legede med mit pandehår, stedet på min hals, hvor han kyssede mig, silken under mine hænder, hvor jeg gned ham over brystet, og det altid tilstedeværende behov inden i mig som blev mere presserende for hvert minut.

Hans fingre sporede ned ad min krop, mens han placerede sig behageligt mellem mine ben. Jeg lavede en dobbeltoptagelse. Mellem mine ben! Han var indstillet på, at han var ved at spise mig ud!

Han lo, og jeg kunne mærke hans ånde på mine overlår, "Overrasket?"

"Øh, ja, Sir." Han gned mine lår, spredte langsomt mine ben så bredt, som de ville, og sendte glædesbolte direkte til min kerne. "Det er ikke - *støn* - hvad jeg forventede."

"Folk synes at tro, at cunnilingus ikke er mandig eller dominerende. Intet kunne være længere fra sandheden. Hvis du var en marionet, ville dine strenge være lige her. Med et lille skub—" trykkede han en finger direkte mellem mine læber, trækker det op gennem min slids og direkte over min klit. Hele min krop hoppede, som om jeg var blevet ramt af mit lyn, og jeg udstødte et hyl af overraskelse og fornøjelse "— jeg kan få de mest yndige reaktioner ud af dig. Der er meget få stillinger, hvor jeg kan udøve mere direkte kontrol over din krop."

Han havde ret. Jeg vred mig og stønnede, mens han spillede på mig som et musikinstrument. Driller mine læber med lange børster gennem mit kønsbehåring for at få mig til at gyse og støde mine hofter. At kærtegne mine lår med blide klem lige under min fisse for at få mig til at ryste og dunke. Får mig til at hvine og bukke min ryg med et hurtigt hakkekys direkte på min klit. Han arbejdede dem ind med lange, langsomme slikker hele vejen op og gennem mig og dækkede hver tomme af min følsomme kusse med sin tunge.

Han var som en forsker, der kortlagde, hvordan jeg reagerede på stimulus, testede og eksperimenterede med forskellige trykniveauer og kombinationer. Det fik mig til at gætte, og mit orgasmeniveau steg op og ned som en EKG-maskine. Ethvert konstant pres på min klit bragte mig til kanten på få sekunder og stillede ham i kø for at bakke hans drilleri. Det var ved at drive mig til vanvid! Jeg var i flammer af nød, længe forbi punktet af sammenhæng. Det føltes så godt. Alt ved rutschebanen af stimulation føltes så fantastisk godt, at jeg ikke ønskede, at det skulle stoppe. Jeg ville eksplodere. At komme mine hjerner ud gennem min kusse i hele hans ansigt. Men jeg ønskede også, at dette skulle fortsætte for evigt. Jeg ønskede aldrig, at fornøjelsen skulle ende.

Richard så henrykt ud mellem mine ben og så mig nøje efter mine reaktioner. Altid så varm og opmærksom på mig... selvom han brugte den opmærksomhed til at drille mig, fik det mig til at føle mig speciel. Ønskede. Elsket.

På én gang følte jeg mig fyldt. Varmt fast kød på mindst to fingre kørte op i min fisse og mastede direkte mod mit g-punkt. Jeg er aldrig kommet fra penetration før, men jeg troede virkelig, at jeg var ved at gøre det. Uden at vide det, satte jeg lejlighedens lydisolering til seriøst arbejde og flåede lagnerne af sengen. Jeg stødte hårdt op for at møde hans fingre, og ville mærke dem så dybt inde i mig som muligt - og ville trække så meget af ham ind i mig selv, som jeg kunne. Han pressede mig fast og overmandede mig let med sin styrke.

Richard mødte mine øjne og sænkede langsomt, bevidst, sin mund. "Sperm så meget og så hårdt du kan," fortalte han mig direkte mellem mine ben. Så blev min klit suget hårdt ind i hans mund. Han sugede mig dybt og slikkede mig hårdt, hver lille bump på hans tunge sendte en vibration af nydelse direkte til min kerne. Jeg holdt ikke mere end tre sekunder. Jeg kom. Hårdt. Det var som om en bombe eksploderede dybt i mig og eksploderede igen og igen for hver sammentrækning. Bølger af ren ekstase brager gennem mig og fylder hver en tomme af mig fra mine tæer til min hjerne til dybt inde i mit sind.

Jeg kom og kom og kom og klemte så hårdt på hans stadig stødende fingre, at jeg troede, jeg kunne mærke hans fingeraftryk. Min klit bankede så hårdt ind i hans mund, at jeg troede, han slugte den. Han holdt aldrig op med at hamre og tvang endnu en orgasme lige i hælene på den første. Jeg mærkede mig selv smelte, mit sind blev lidt sløret og mit syn sløret rundt om kanterne.

Langsomt, med flere efterskælv og tilbagefald, udbrændte naturbranden sig selv. Alt virkede lidt tåget, da jeg vendte tilbage til mig selv, næsten som om jeg havde fået et par skud hård spiritus. Jeg indså, at jeg næsten havde knust Richards hoved mellem mine lår. Jeg var ikke engang klar over, at jeg havde lukket dem! Desuden kunne jeg have fået en smule forslåede bryster. Igen, vidste ikke engang, at jeg havde klemt dem.

"Wow... det var fandme fantastisk."

DEL 5

Kort tid efter skejede vi sammen under dynen. Den stabile rytme i hans vejrtrækning, mens han sov, var beroligende, hvilket gjorde mig døsig, men jeg ville stadig ikke sove.

Vi havde snakket om alt, hvad der var sket, og pressede hinanden for detaljer om, hvordan den anden havde det. Jeg var især interesseret i at høre, hvor kraftfuld Richard havde følt sig, mens han instruerede min langsomme stribe. Tilsyneladende var berøring en stærk form for kontrol, og at have frit styre til at røre mig, mens jeg beherskede mig selv, gjorde Dom/sub-dynamikken mere virkelig. Det var meget interessant at høre hans perspektiv, men endnu mere var det herligt at dele seng med ham.

Han havde endelig taget sit jakkesæt af! Hans bare bryst pressede sig ind i min ryg og hans bare ben flettet sammen med mine. Jeg har altid været helt vild med kram. Hud ved hudkontakt gør stærke ting ved mine følelser.

Til sidst følte jeg mig mæt og følte, at jeg burde være mere analytisk. Havde jeg virkelig gjort alle de ting? Det havde føltes så let at glide ind i rollen, så naturligt at gå med strømmen. En stemme i baghovedet gentog Cathys ord om lydighed. Hvad kan jeg finde på at gøre? Måske burde det have bekymret mig dengang, men det gjorde det ikke. Jeg havde det for godt til at være bekymret over noget som helst.

Jeg faldt i søvn og holdt Richards hånd fast mod mit bryst. 'Mine!'

ENDE

67